大作家写给孩子们·**桥梁书版**

留在鞋里的六个家伙

[爱尔兰]帕德里克·科勒姆 著

[美]杜格尔德·S.沃克 绘

王晓晨 译

中国中福会出版社

你们或许都听说过那个住在一只鞋里的老妇人，但说不准你们谁也不知道她后来发生了什么。除了孩子们，她还养了一条名叫汪汪的狗，一只名叫马尔金的猫，一只名叫斑斑的斑点小母鸡，一只名叫咕咕的孤鸽，一只名叫啰嗦老妈的鹅，还有一头连名字都没有的山羊。除此之外，一只小鹪鹩也在老妇人的小屋里筑了巢，她的名字叫小鸟。

老妇人的孩子们长大了，一个接一个地离开了她，去往森林深处——森林环绕着老妇人的家。没错，等最后一个孩子也走了，便只剩下了老妇人，还有那陪着她的猫和狗，山羊和鹅，斑点小母鸡和蓝色小鸽子，更不用说那小鹪鹩，她在老妇人的小屋里筑了巢，已经生活了一年一年又一年。

老妇人，老妇人，老妇人呀，我把口开，
你飞得这么高，是要去哪儿呢？
去拂掉那天上的蜘蛛网，
我骑着我的扫帚，飞得这样轻快。

如果你以前也听过这段歌谣，那么不用我说，你一定已经知道老妇人后来怎么样了。住在鞋里的老妇人拥有全国最棒的扫帚，她当然也是骑扫帚骑得最好的那一个。所以，仙女们带她去清理天上的蜘蛛网，这便是她今天要做的活计。

差点忘了告诉你，老妇人的壁炉里还留着一只蟋蟀——他实在是太老了，颜色和灰烬一个样儿。据他们说，这只蟋蟀头一个发现老妇人离开了家。"走啦，走啦"，蟋蟀说；"留下，留下"，他这样讲。

马尔金——就是那只猫——直起身来聆听蟋蟀的话。她环视房子四周，猫的直觉告诉她蟋蟀说的没错——房子里的一切都在说着老妇人已经离开了：长凳这样说，床这样说，椅子这样说，水壶也这样说。桌子什么也没说，但角落里立着的老钟让一根指针横过面庞，说得信誓旦旦。

而猫呢，她本来并不打算让其他动物
知道自己从蟋蟀这里听来的暗示，但她很
快改变了主意。她起身走到门外，摇晃着
尾巴招呼起来，直到斑点小母鸡穿过院子
跑到她身边。

"亲爱的，"猫开口道，"发生了好大的怪事，我想头一个告诉你。"

"告诉我，告诉我。"斑点小母鸡说着，焦急地拍打起翅膀来。

"房子空啦——就是这样，"猫笑着强调，"空啦！"

"房子空了，难道不是因为老妇人去拜访谁了吗？"斑点小母鸡上下摆动着身体问道。

"房子空啦，彻底空啦。"猫拉扯着自己的帽子说，"老妇人彻底走啦。今晚没人给山羊喂奶，也没人给我准备晚饭啦。"说着，猫转身走进了房子，关上了门。

斑点小母鸡听到这些紧张坏了，她倒换着单脚站在原地，一个劲儿地摇着头。小鸟——就是那只小鹩鹩——从小小的巢里向外窥探，看到小母鸡站在那里自言自语："我的天哪，我的天哪，我的天哪!"机灵的小鹩鹩立刻意识到，一定是发生了什么事，才让斑斑惊慌失措成这副模样。

"怎么了，怎么了?"小鹩鹩问道。

"老妇人丢下我们离开了，我们不知道该怎么办了。"斑点小母鸡回答。

"哦，天哪，哦，天哪!"小鸟发出惊叹。

"但这对你来说没什么可困扰的，"斑斑说，"你不像我们那样，和老妇人一起守着这个家。"

"可是我太喜欢有人陪伴了，"小鹩鹩说，"我也知道，如今她走了，你们也都会离开，我要被孤零零地丢下了。"

没人知道啰嗦老妈——就是那只鹅——是从哪里听到这些的。通常情况下，她总是大晚上躺在房子的大门外，也不睡觉，大家都觉得她对什么事都入眼入耳，一清二楚。鹅都是啰里吧嗦的（他们的话特别多），但啰嗦老妈不是那样的鹅。她已经很久很久没有和哪只鹅讲过话了，也养成了不管知道了什么都不轻易开口的习惯。所以，当咕咕——就是那只鸽子——从斑点小母鸡那里听说了这一切，然后去找啰嗦老妈时，她说："我一直都知道。拂掉天上的蜘蛛网，她就是做这个去了。"

"我一直都很孤单，但有生以来，我从没有像现在这样孤单过。"孤鸽说，"很多很多年前，我的林鸽表亲想让我去和他们一起生活，他们把巢筑在了这附近的树上。现在他们都离开了，我不知道该怎么办了。"

"保持明智才是当务之急。"啰嗦老

妈说。

　　她蹒跚走进花园，花园里有一丛鹅莓、一丛黑莓和零星几株大羊蹄。她找到山羊，把一切都讲了出来。啰嗦老妈昂头展翅地讲了好久好久，最后，山羊终于受不了这些啰里吧嗦的话了，她站起身来，

去吃树篱顶端的叶子了。

那一晚，房子和院子的动物们齐聚老妇人的家。他们开了一场会。被丢下之后应该做些什么——这便是需要解决的议题。马尔金将房子打扫干净，让一切准备就绪——她扫干净地，掸了长凳，擦亮椅子，铺好了床。当一切就绪时，她用勺子敲响碗盘，召集大伙儿过来。斑斑是头一个进来的，马尔金示意她坐到长凳上，她便又紧张又激动地落了座，马尔金则显得比平时更冷静。

小鸟并不在受邀之列，因为她既不能算是房子里的动物，也不能算是院子里的动物。而她绝不愿意置身事外。她飞进房子里，在梳妆架上占了一席之地。咕咕悄无声息地进来，她本想待在窗台上，但马尔金命令她坐长凳上。咕咕也很紧张，但还不至于像斑斑那么情绪激动。

山羊和鹅一同进了门，分别坐在长凳

的两头。接着她们一起喊汪汪，但那条狗不知去了哪里。猫说，会议只能在他缺席的情况下继续进行。

她登上为自己准备的、擦得锃亮的椅子，开始发表演讲。但紧接着，壁炉里的蟋蟀开始对她叽叽歪歪的讲述说三道四。猫被激怒，她转过身，冲着蟋蟀发出威胁似的嘶嘶声。"让她说话，"啰嗦老妈劝和道，"让每一位都能畅所欲言。""是啊，是啊。"山羊附和着，用羊角敲了敲桌面。斑斑和咕咕紧紧地贴向彼此，焦急地想要摆脱这场麻烦。马尔金让蟋蟀上桌发言，结果蟋蟀根本没提和会议有关的事，只是

一味地讲了一些自己的事。他说这和谁都
没有关系，纯属个人事务，接着便离场，
从炉石的缝隙溜了下去。

马尔金直起身来，前爪撑着桌子继续
讲话。她说，房子和院子的动物们，是时
候为他们自己做些什么了。和他们一起守
着这个家的老妇人已经走了，把他们丢下
了。她说不准其他动物对此有什么打算，

但她嘛，打算去为自己谋幸福。她滔滔不绝地讲着长篇大论，对动物们应该为自己做点什么的态度非常强硬，这吓坏了斑斑和咕咕。她用爪子捶着桌面，这让啰嗦老妈觉得反感。

山羊只讲了寥寥几句。她说她一向对自求多福有所准备。她熟识每条小路，不管哪天都能随时出发。"我也去，我也去。"梳妆架上的小鹦鹉说，但猫狠狠地瞪了她一眼，吓得她不敢再开口。

啰嗦老妈语气沉着。她说她绝对不愿守着空房。这不是害怕，她说，但如果她的朋友——她勇敢的山羊朋友——想要

离开这里，她也乐意同行。发言结束时，
她表示想听听她的好朋友斑斑和咕咕的
想法。

斑斑和咕咕异口同声地说："我们不

习惯搬家，但不管你们去哪儿，我们都会去的。"小鸟伸出头来说她也去，但大家对她毫不在意。

接下来的问题是应该由谁决定大家的去处，是山羊、鹅还是猫。在猫那样讲话后，大家都不喜欢她了。动物们一致同意让山羊来领导大家。啰嗦老妈说，大伙儿需要的无非是良好的品行，如果她们都能按照自己说的去做，谁来领导并不重要。

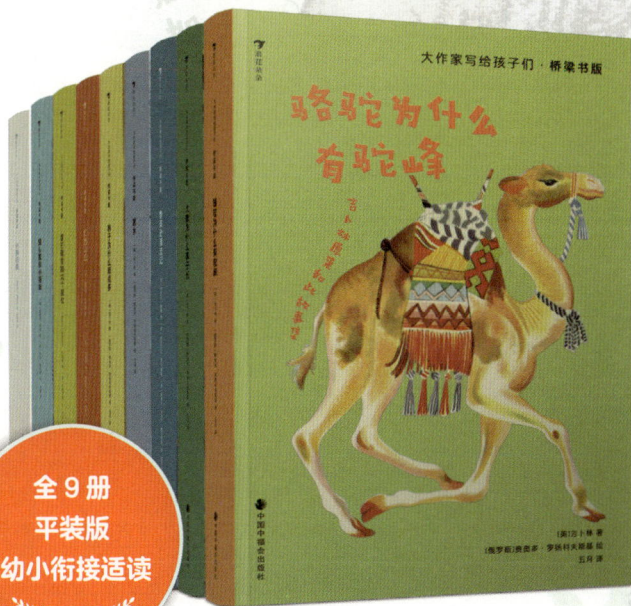

为什么要让孩子读这套桥梁书？

专为 6-8 岁儿童打造

篇幅短小 版面疏朗

图文比例 接近 1:1 或 2:1

符合儿童 阅读与学习 发展规律

轻松获得 10 万+ 阅读量

大师级 插图

诺贝尔 文学奖

世界文学 巨匠

多种体裁 丰富主题

凯迪克 大奖

培养独立自信阅读小达人

《骆驼为什么有驼峰》　　　《豹子为什么斑点多》　　　《大象为什么鼻子长》

吉卜林　诺贝尔文学奖得主

选自吉卜林的《原来如此的故事》，童话版《十万个为什么》，充满奇思妙想和异域风情。

《小狗白星》

契诃夫

世界三大短篇
小说家之一

小狗遇见饿狼、男孩们"勇闯"美洲，
2 篇扣人心弦的冒险故事，结局让人
出乎意料。

《鲁滨逊漂流记》

丹尼尔·笛福（原著）
欧洲小说之父

伊丽莎白·摩尔（改编）
擅长故事新编的
英国作家

跌宕起伏的荒岛之旅，险象环生的救
援行动，和鲁滨逊一起踏上奇妙征程！

《红色山丘》

比安基
苏联大自然儿童
文学奠基作家

5 篇童趣盎然又不失知识性的科学童
话，走进生机勃勃的大森林，探索大
自然的奥秘。

《留在鞋里的六个家伙》

帕德里克·科勒姆
爱尔兰文学大家

一座空荡荡的鞋屋，6 只被留下的动
物，一场妙趣横生的寻家大冒险！

《猫头鹰和小猫咪》

爱德华·李尔
荒诞诗第一人

18 首诙谐幽默的"无厘头"小诗，打
破常规，放飞想象！

《跳水》

列夫·托尔斯泰
俄国文学三巨头之一

13 个跌宕起伏的故事，充满童趣与想
象，关乎机智、果决、真诚和善良。

　　第二天一早，动物们便出发去寻找新家了。山羊领路，咕咕和斑斑跟在她身后，接着是啰嗦老妈。小鸟沿着灌木丛飞，但猫并不跟着谁——她随心所欲，时而蹿到最前面，时而走在队尾，时而又插进中间。队伍就这样前进。

终于，她们进入了一片田野。田野的角落里，一座房子正升起袅袅炊烟，房子下面有一条小溪。大家都觉得，这就是她们要住的房子。她们本来就走得脚痛，饥肠辘辘，于是欢呼三声，以为旅途终于结束了。

"谁去问问，那房子能不能让我们进去呢？"山羊开了口。

"我要去。"猫说。"我要去。"小母鸡说。"我要去。"小蓝鸽子说。"我们要一起去。"啰嗦老妈说。

随后，当她们正要向房子出发时，一只青蛙从小溪中跳了出来，坐在溪边，挡

住了她们的去路。他用低沉却非常礼貌的

声音说：

　　"我是不是听到你们在说，打算去前

面的房子里留宿？说真的，我不能让你们
去。这附近都归我管，就算全世界都来说
情，我也不能让你们这支队伍待在这里。
我不介意有一只猫，也不介意有一只母
鸡，更是无所谓有一只鸽子。我和我的子
民对山羊也丝毫没有意见。但是我不能接
受——我和小蝌蚪们全都不能接受——

一只鹅在我们的小溪附近摇摇摆摆地走来走去。"青蛙一边说话，一边把自己的身体鼓得巨大，看起来仿佛要把大家通通吞掉。

啰嗦老妈不禁感觉受到了冒犯。她后退着离开了，斑斑也后退着离开了，接着小蓝鸽子也后退着离开了。看她们都走了，山羊和猫也转身跟着离开了。

尽管双脚酸痛、疲惫不堪，但她们再次出发了。她们进入了另一片田野，看到了另一座房子，这房子比第一座更让她们喜欢。她们看到房子，欢呼三声。

"谁去那座房子里，请他们让我们进

去呢?"山羊开了口。

"我要去。"猫说。"我要去。"小母鸡说。"我要去。"小蓝鸽子说。"我们要一起去。"啰嗦老妈说。

随后,当她们正要向房子出发时,一只刺猬从沟里钻了出来,他长鼻小眼,浑身尖刺。

"我是不是听到你们在说,打算去前面的房子里定居?"刺猬说,"这么说吧,这附近都归我管,我不允许你们住在这儿,就是这样。"刺猬怒气冲天地看着她们——我跟你们说,那样子可吓人了——鹅、小母鸡和小蓝鸽子,更不用

说那小鹧鸪，她们纷纷后退，因为她们做梦也没想过，自己会在一个地方如此不受待见。

她们又一次出发了，比之前更疲惫，

脚也更酸痛。她们又进入了一片田野，田野的角落里，一座房子的烟囱里正升起一缕细烟。这简直是她们一路上见过的最好、最亲切的小房子。

但她们看到房子时没有欢呼，只是安静又忐忑地凑到了一起。"谁去那座房子里，请他们让我们进去呢？"山羊开了口，如耳语一般。

"我要去。"猫说。"我要去。"小母鸡说。"我要去。"小蓝鸽子说。她们一边说着，一边忧虑不安地四处探看，以防又会有什么动物跑出来，不许她们向前。周围没有动静，她们便凑在一起继续前进。

但就在半路上，出现了她们从未见过的怪东西——一个稻草人，身上扎满稻草，嘴里叼着烟斗，笑容恐怖至极。他就站在那儿，一张大脸正对着她们。

"吼！吼！"稻草人说，"你们以为自己能去我那座老妇人的房子里，是不是？不行，绝不。我就在这儿拦着你们的路。我是稻草人，稻草人就是我。呜！呜！"

哎，看到那稻草人的模样，听到那恐吓的话语，斑斑、咕咕和小鸟都吓疯了，浑身颤抖。猫、山羊和鹅倒是不那么害怕，她们本打算直接从稻草人身边走过去，但稻草人从嘴里拿出烟斗，面目可怖

地对她们皱起眉头。"退后，出去。"他那
嘶哑的声音如同穿过烟囱的风。"退后，
出去，不然就把你们通通丢进深坑里。我
积怨已久，对你们什么都做得出来，因为

我常年在这儿忍受雨打霜摧，唯一的乐趣就是驱逐像你们这样的动物。"他扬起双臂，仿佛要对她们下什么毒手。

山羊跳了回去，鹅大声尖叫，猫伏下身子把自己好好藏起。稻草人眼珠乱转，身上的破布扑啦扑啦地拍打。"我们走吧。"山羊说。"我们走吧。"猫说。"我们走吧。"啰嗦老妈也这么说。小母鸡、小鹩鹩和小蓝鸽子什么都没说，只恨不得再快一点从那里逃走。

接着，她们听到了一声狗叫，那是友好的叫声。再接着，小房子的门前出现了汪汪，她们的朋友。汪汪跳着奔向了她

们。稻草人被固定在地上，不能转头看是
谁正向他跑来。汪汪伸出前爪朝稻草人的
后背一推，他那吓人的脸径直朝着地面摔
了下去。大家眼看着稻草人倒下，不再对

任何事感到害怕。

她们爆发出一声欢呼，围着汪汪——这条抛下大伙儿擅自出发的狗——跳起了舞。山羊用角顶稻草人，将稻草甩了出来然后吃掉；鹅嘴巴和翅膀并用，击打稻草人；猫则挥舞双爪给他来了个满身满脸花。汪汪不停召唤她们到房子里去，在那里，她们一定会受到热烈欢迎。

"从一开始，来这个地方就是我的主意。"马尔金说，"我必须提醒汪汪这件事，不然这条蠢狗永远也想不到这一点。应该由我进去，要求老妇人为我们提供安居之所。"

"我要去。"小母鸡说。"我要去。"小鹪鹩说。"我要去。"小蓝鸽子说。山羊什么都没说，只是走在最前面。"让我们一起去。"啰嗦老妈说，"让我们一起去，让我们言行得体，明智地交谈。"

"这座房子和老妇人离开前的那座房子一模一样，简直一模一样。"猫说，"我是个优秀的房屋鉴赏家，我确定这和那座房子一模一样。"

汪汪不停转头冲着她们叫："那儿有给鹅住的棚！汪，汪！那儿有给羊住的花园！汪，汪！那儿有很多地方给小蓝鸽子住！汪，汪，汪！那儿有给小鹪鹩用的茅

草！那儿有给小母鸡住的窝！厨房里有给

猫取暖的火！汪，汪，汪！"

　　他们走进房门，看到了另一个老妇

人，和之前那个老妇人非常相像。她对
所有动物，斑斑——那只小母鸡，咕
咕——那只小鸽子，啰嗦老妈——那

只鹅，说了欢迎的话。甚至在小鸟——那只小鹡鸰——扑扇着翅膀飞上台阶时，老妇人也欢迎了她。她已经欢迎过汪汪——那条狗。至于马尔金——那只猫——只是走进了房子，对老妇人说："我来和你一起守着这个家。"

房子里有一张床、一条长凳、一张桌子和一把椅子，还有一座老钟，它的一根指针横过面庞，这都和住在鞋里的老妇人的房子一模一样。

从此以后，猫和狗，小母鸡和小鹡鸰，山羊和鹅，还有小蓝鸽子，他们都在那里安居下来，过着幸福的生活。

你若越过小河流，翻过小山丘，便能发现他们还在那里，从未远走。

而你若不曾出发，可别说我讲的故事从未真实发生过。

图书在版编目(CIP)数据

留在鞋里的六个家伙 /(爱尔兰)帕德里克·科勒姆
著;(美)杜格尔德·S. 沃克绘;王晓晨译 . -- 上海:
中国中福会出版社,2023.6
(大作家写给孩子们:桥梁书版)
ISBN 978-7-5072-3550-0

Ⅰ.①留… Ⅱ.①帕… ②杜… ③王… Ⅲ.①童话 -
作品集 - 爱尔兰 - 现代 Ⅳ.① I562.88

中国国家版本馆 CIP 数据核字 (2023) 第 080717 号

留在鞋里的六个家伙

著　　者:[爱尔兰] 帕德里克 · 科勒姆
绘　　者:[美] 杜格尔德 · S. 沃克
译　　者:王晓晨
项目统筹:尚　飞
责任编辑:康　华
特约编辑:孙慧妍
装帧设计:墨白空间 · 杨阳
出版发行:中国中福会出版社
社　　址:上海市常熟路 157 号
邮　　编:200031
印　　刷:天津联城印刷有限公司
开　　本:880mmx1230mm 1/32
字　　数:10 千字
印　　张:1.625
版　　次:2023 年 6 月第 1 版
印　　次:2023 年 6 月第 1 次
书　　号:978-7-5072-3550-0
定　　价:22.00 元

读者服务: reader@hinabook.com 188-1142-1266
投稿服务: onebook@hinabook.com 133-6631-2326
直销服务: buy@hinabook.com 133-6657-3072
网上订购: https://hinabook.tmall.com/(天猫官方直营店)